STEIDL

taschenbuch 149

W0292487

Günter Grass, 1927 in Danzig geboren, wurde nach einer Ausbildung als Bildhauer und Grafiker freier Schriftsteller. Sein Werk gehört zur Weltliteratur. Der Träger des Literaturnobelpreises 1999 wurde mit zahlreichen internationalen Ehrungen ausgezeichnet.

Günter Grass

Marthas Hochzeit

Steidl

Editorische Notiz: Bei »Marthas Hochzeit« und »Weshalb die Braut weinte« handelt es sich um Kapitel 14 und 15 aus dem Roman »Ein weites Feld« von 1995.

Wir senden Ihnen gern unser kostenloses
Gesamtverzeichnis zu:
Steidl Verlag, Düstere Straße 4, D-37073 Göttingen

00 01 02 03 04 9 8 7 6 5 4 3 2 1

© Copyright: Steidl Verlag, Göttingen 2000
Alle Rechte vorbehalten
Umschlaggestaltung: Klaus Detjen
Satz, Druck, Bindung:
Steidl, Düstere Straße 4, D-37073 Göttingen
Printed in Germany
ISBN 3-88243-707-3

„Zu zweit", Rohrfeder und Tusche
Zeichnung von Günter Grass zu
„Ein weites Feld", 1995

Marthas Hochzeit

Beide gaben ihr Jawort deutlich. Durch mich vertreten, waren wir vom Archiv weit mehr beeindruckt als der Brautvater, der sich wunder was von der Zeremonie in der Hedwigskirche versprochen hatte. Gleich nach der Trauung begann er zu mäkeln, und als er sich später bei Tisch richtig auskollerte, fiel das Wort »Schummelpackung«. Meinen Einwand »Sogar die katholische Kirche muß mit der Zeit gehen« hat er verlacht: »Der Papst hält es mit den Buchhändlern, die wenden sich, wie das Publikum, schnell anderen Göttern zu. Alles lebt nur auf acht Tage hin!«

Noch mehr Spitzen schoß Fonty auf dem Bebelplatz ab, wo sich die Hochzeitsgesellschaft bei bedecktem Himmel versammeln mußte;

auf Wunsch des Bräutigams mal so, mal so für Photos gruppiert und vor wechselnde Kulissen gestellt, bis sie von einem Regenschauer vertrieben wurden. Mit Mühe fanden sich vier Taxis, und »ziemlich abgeduscht«, wie Fonty sagte, fand die Gesellschaft endlich zum Prenzlauer Berg in die Offenbach-Stuben.

Dort wartete der für nur zehn Personen gedeckte Tisch, an dem nach einigem Hin und Her alle mit Hilfe handgeschriebener Tischkärtchen ihren Platz fanden. Professor Freundlich und Frau hatten nicht kommen können; sie sahen sich, laut Telegramm und zu Fontys Bedauern, leider verhindert: »Unaufschiebbare Universitätstermine ...« Doch war aus Jena rechtzeitig ein üppiges Blumenbukett geliefert worden, das sogar Emmi Wuttke gefiel, der die Freundlichs sonst kaum etwas recht machen konnten.

Die Tischkärtchen waren Emmis eigenhändig umgesetzte Idee; sie hatte sich seit Schulzeiten einen der Sütterlinschrift abgewandelten Schriftzug bewahrt, dessen kindlich korrekt gezogene Schleifen allen Gästen Eindruck machten. Jemand rief: »Wie niedlich!«, und selbst Fonty packte ein Lob – »Dank sei meiner allen Wechselfällen des Lebens trotzenden Emilie gesagt« – in seine Tischrede, die er jedoch nicht sogleich, sondern erst zwischen der Vorspeise – hausgebeizter Lachs mit Sahnemeerrettich – und dem Hauptgericht namens »Schöne Helena« – rosa gebratene Entenbrust mit Orangensoße, dazu Gemüse und Kartoffelpuffer – stehend und freiweg zu halten begann, wenngleich ihm schon in der Kirche und angesichts des »kolossal ausgenüchterten Katholizismus« nach längerer Rede gewesen war. Zu seinem Sohn Friedel, den er als Kind oder nur von Photos her kannte und der sich ohnehin vorgenommen hatte, beleidigt zu sein, sagte er, als beide noch in Sankt Hedwig familiär

Seite an Seite saßen: »Dazu kann man nur schweigen oder eine Menge gepfefferten Unsinn reden. Na wartet, bei Tisch fällt mir sicher was Unpassendes ein.«

Wenn es nach Fontys Wunsch gegangen wäre, hätte »Orpheus in der Unterwelt«, nämlich geschmorter Ochsenbraten in Zwetschgensoße mit Speckbohnen, als Hauptgericht serviert werden sollen, doch war es Emmi gelungen, ihm den Orpheus auszureden und – als passend zum festlichen Anlaß – die »Schöne Helena« zu empfehlen; folglich gab ihm die äußerlich kroß gebratene, doch innen saftig gebliebene Entenbrust, kaum saß die Gesellschaft, einige gewagte Anspielungen ein: »Schöne Helena paßt immer. Doch zartrosa muß nicht jüngferlich heißen. Die Braut, unsere schon so lange zuwartende Schönheit, versteht, was gemeint ist.«

Solche Einfälle machten Emmi besorgt. Und weil sie auf ihres Wuttke Reden noch nie mildernden Einfluß gehabt hatte, befürchtete sie weitere Ausrutscher; an denen sollte es nicht fehlen, als er an sein Glas schlug und sich erhob.

Kaum war es dem Brautvater gelungen, mit einer eher koketten Entschuldigung – »Ich kann gut plaudern, aber schlecht sprechen« – genügend Auslauf für Eskapaden zu schaffen, nannte er anfangs seiner geliebten Tochter Parteiaustritt und Kircheneintritt ein »ökumenisches Wechselbad«, gewann dann ihrer neuen Perspektive einige Rückblicke ins finstere Mittelalter »inklusive Hexenverbrennungen« ab, prophezeite: »Der Scheiterhaufen kommt wieder in Mode«, wurde nun ganz und gar Fonty, indem er sein Romanpersonal musterte und nach nur kurzem Suchen der Hochzeitsgesellschaft die Schauspielerin Franziska Franz vorstellte, die er eine »übrigens aus Swinemünde stammende Plaudertasche« nannte. Nun erst wurde der Titelheld des Romans, der alte Graf Petöfy, »ein wenig knickbeinig« der Braut zur Seite gestellt und deren in Wien zelebrierte Hochzeit – »natürlich zu Beginn des dreizehnten Kapitels« – als wiederholt vollzogene Trauung abgefeiert: »Denn zuerst wurde in der Augustinerkirche, danach in der protestantischen, die sich in der Gumpendorfer Straße befindet, das Ja ausgesprochen.« Und nun kam er abermals auf die Braut: »Franziska war zwar nicht blutjung, aber – im Vergleich zu dem verlebten und alsbald abgelebten Grafen ungarischen Geblüts – noch immer ein junges Ding, dem das Leben sperrangelweit offenstand...«

Man mußte nicht Kenner des heute vergessenen Romans sein, um die Anspielung auf den Altersunterschied zwischen den gerade Frischvermählten, der achtunddreißigjährigen Martha und dem sechsundfünfzigjährigen Bauunternehmer Grundmann, als riskant zu begreifen, zumal Fonty mit seinem Hinweis auf des »abgelebten Grafen baldiges Ende« den katastrophalen Schluß des Romans ins Spiel brachte und diesen auch noch als »erzähltechnisch geschickt« lobte: »So gelingt es dem Autor, den nur vom Ergebnis her handlungsfördernden Pistolenschuß auszusparen. Kein Tröpfchen Blut fließt literarisch. Alles Interesse darf sich der jungen Witwe und ihrem Seelenkummer hingeben ...«

Dann aber rettete Fonty das Brautpaar, die Tischgesellschaft und sich selbst aus der leichtfertig herbeigeplauderten und von Emmi befürchteten Schieflage, indem er eine seiner von uns bewunderten Volten schlug: »Aber was rede ich da! Altersunterschied muß nicht scheiden! Altersvorsprung ist immerhin Vorsprung! Oder wie schon der greise Petöfy als Lebemann und deshalb genüßlich spekulierte: Der Jugend Überschuß und schneller Verbrauch könne dem genügsamen Alter Wegzehrung sein. Deshalb nochmals: Hauptsache, das Ja stimmt!«

Und schon war der Brautvater, der das Auftragen des Hauptgerichts ein wenig verzögern wollte, wieder beim Traualtar und allgemein beim Katholischen angelangt, dessen Wesen er als »in Jahrhunderten geübte Disziplin des längeren Atems« lobte und als »farbenprächtig bis in den Sündenfall hinein« pries, während er dem Protestantismus »eine mehr graphische Linienführung« nachsagte, die »auf weiß gekälktem Grund immerfort Schuld suche und anschwärze«. Damit war der Tischredner bei des alten Grafen so betagter wie frommer Schwester Judith und dem allgegenwärtigen Pater Feßler gelandet und sogleich inmitten jener verräterischen Ringgeschichte, bei der es, gegen Ende des Romans, um Petschaftssprüche geht.

Fonty, der einen pointierten Ausklang für seine Rede suchte, nahm, mit Blick auf den als Gast anwesenden Priester, rhetorisch Anlauf: »Hochwürden, ich muß gestehen, daß mir dieser Pater als schwarzer Papist und Anschwärzer jeglicher Irrlehre, ob lutherisch oder calvinistisch, dennoch Eindruck gemacht hat, weil er, wenngleich als ausgewiesener Dunkelmann, freimütig genug gewesen ist, seinen Siegelring mit der Inschrift eines Protestanten, mit der knappen Devise des berühmten Gelehrten Thomas Carlyle, zu zieren …«

Als der Redner hier eine Kunstpause einlegte, wollte natürlich die Hochzeitsgesellschaft, voran der Bräutigam, den gravierten Wortlaut wissen. Heinz-Martin Grundmann rief: »Schluß mit der Geheimniskrämerei. Wie heißt denn der Spruch?«

»Entsage!« antwortete Fonty mit, wie immer, genauem Zitat und hob das Glas. Woraufhin alle anderen zögernd, dann aber doch ihre vom Medoc dunklen Gläser hoben: zuerst Emmi Wuttke, die keine peinliche Stille aufkommen lassen wollte; ihr folgte Friedrich, Friedel gerufen, der jüngste Bruder der Braut, den vor Jahrzehnten der Mauerbau zum jugendlichen Ostzonenflüchtling gemacht hatte und der mittlerweile in Wuppertal als Verlagsleiter tätig war; gleich nach ihm folgte die so hagere wie zugeknöpfte Schwester der vor fünf Jahren verstorbenen ersten Frau Grundmann der feierlichen Trinksitte: als verwitwete Bettina von Bunsen hatte sie in Freiburg im Breisgau die beiden mutterlosen Kinder des Bauunternehmers großgezogen; mit ihr zugleich hatte eines der Kinder, Martina, die in Köln Germanistik studierte und für hübsch oder niedlich angesehen wurde, ihr Glas gehoben; jetzt zog Inge Scherwinski nach, die als Freundin und Hausnachbarin der Braut eingeladen war, sich aber ihr schweres Los als alleinerziehende Mutter dreier Jungs nicht ansehen ließ, sondern unbeschwert überm Weinglas lächelte und dabei ihre Mäusezähnchen zeigte; nun griff auch ich zu, der vom Archiv ausgeliehene Trauzeuge, dem des Brautvaters Tischrede beruflich nahegegangen war; zu vorletzt legte der in der Hedwigskirche als Pfarrer amtierende Priester Bruno Matull, der Martha beim Konvertieren geholfen und ihr den ehelichen Segen erteilt hatte, die Finger beider Hände dergestalt priesterlich um das Glas, als wollte er einen Kelch heben; und nun erst griffen sie gleichzeitig zu: die Braut und der Bräutigam; dem war es jüngst gelungen, in Schwerin eine Zweigstelle seiner Münsteraner Firma zu eröffnen. Heinz-Martin Grundmann hob sein Glas in Augenhöhe und rief: »Verstehe: Entsage! Ist originell! Aber, mein lieber Schwiegervater, diesen Hochzeitsspruch werden sich Martha und ich bestimmt nicht in die Ringe gravieren lassen. Einfach köstlich, entsage. Darauf laßt uns anstoßen: Entsage!«

Woraufhin Friedel Wuttke seinem Schwager, dem er zuprostete, ins Gesicht lachte. Noch lauter und mitreißender lachte Inge Scherwinski, die mit ihrer Jugendfreundin anstieß. Als sich der Priester ein Schmunzeln über gehobenem Kelch erlaubte, begann die Grundmanntochter Martina zu kichern und steckte damit Frau von Bunsen an. Schließlich lief das Gelächter rundum, denn weder Emmi Wuttke noch ich konnten uns zurückhalten. Was blieb der Braut und dem Bräutigam übrig, als beim Klang der Gläser jenes einzelne Wort lachhaft zu finden, das soviel Heiterkeit ausgelöst hatte. Nur der Brautvater trank dem Brautpaar feierlich ernst zu.

Jetzt erst bemerkte ich, daß Fonty auf dem linken Revers seines schwarzen, im Verlauf der

Jahre ein wenig zu weit gewordenen Jacketts ein Ordensband samt baumelnder Medaille trug. Sein Anzug für Vorträge, dekoriert während Kulturbundzeiten. Doch wie er in grauer Weste unter der Jacke und mit zur Schleife geordneter Halsbinde dastand und mit weißhaarigem Haupt und überm geneigten Rotweinglas strähnig hängendem Schnauz aufs Wohl der Brautleute trank, wobei er seinen Blick über das Hochzeitspaar hinweg gleiten ließ, hätte er anstelle der für »Verdienste um das kulturelle Erbe« verliehenen Dekoration, links auf der Brust, ein anderes Markenzeichen spät nachklappernder Ehre tragen können: den Hohenzollernhausorden erster Klasse.

Wir stritten ein wenig, ob dem Archiv das Recht zustünde, den chronologischen Ablauf der Hochzeit zu mißachten und die Tischrede einfach vorzuziehen. Korrekt wäre es gewesen, wenn schon nicht mit allen rituellen Einzelheiten der Trauung in der Hedwigskirche, dann doch mit der Vorspeise, mit Lachs, Meerrettichsahne und trockenem Chablis aus alten Gläsern zu beginnen. Ich wäre dafür gewesen, mit Inge Scherwinskis den Akt der Trauung überschwemmenden Freudentränen den Kirchenraum einzubeziehen, und gleich danach hätte der Wirt der Offenbach-Stuben die Hochzeitsgäste begrüßen und mit allen Gastzimmern bekannt machen können. Das darf nun nachgeholt werden, denn es war ja nicht so, daß wir vom Schankraum direkt durch den Flur und an der Küche vorbei in das Musikzimmer geleitet wurden, wo jedem der vielen Instrumente eine Legende anhing und der gedeckte Tisch wartete.

Zeit für einen Aperitif – »auf Kosten des Hauses« – gehörte zum Festplan. Und mit gefüllten Gläsern führte der Wirt die als »geschlossene Gesellschaft« angemeldeten Gäste vom Schankraum durch alle drei dahinterliegenden Stuben. Waren die Tapeten der ersten in Lindgrün gehalten, ging von den folgenden, die englischrot und blau-violett tapeziert waren, jene aus frivoler Laune und mitreißender Sangeslust gemischte Stimmung aus, die der Name des Restaurants seinen Gästen versprach. Ich erlaubte mir einige Bemerkungen zu Karl Kraus' Bemühungen um Jacques Offenbach und nahm die hier hängende Zimmerdekoration, hinter Glas gerahmte Kostümentwürfe zu Felsensteins »Blaubart«-Inszenierung, zum Anlaß für kulturgeschichtliche Hinweise. »Verstehe«, sagte der Bräutigam, »leichte Muse mit zeitgenössischem Pfiff.«

Den Schankraum schmückten durch Signatur wertvoll gemachte Photos von Künstlern, unter ihnen einige noch immer bekannte. Und als Münzautomat stand dort eine Vitrine, in der, nach Einwurf, fingerlange Tänzerinnen im Tutu die Beine zu werfen und zu einschlägiger Musik Cancan zu tanzen begannen. Ein Sammlerstück, das der Wirt nur selten in Gang setzte, so – auf Fontys Wunsch – zu Marthas Hochzeit. Man klatschte Beifall, als der Tanz nach letzten Zuckungen endete.

Doch so einladend sich die Offenbach-Stuben mit gedeckten Tischen anboten, fast leer waren sie trotzdem. Der Wirt klagte darüber: Gleich nach der Währungsunion sei ihm die Stammkundschaft weggeblieben. »Erst gegen Abend wird es lebhaft, aber jetzt, über Mittag, ist ziemlich Flaute. Was soll's, kann ja nur besser werden.«

Heinz-Martin Grundmann, der mir bereits auf dem Standesamt in maßgeschneidertem Zustand als straffer Herr mit Halbglatze vorgestellt worden war, gab sich als ein an allem interessierter und selbst den alltäglichen Nöten gegenüber aufgeschlossener Mann: »Wem gehört denn dieses heruntergekommene Eckgrundstück? Verstehe! Aus München haben sich Altbesitzer gemeldet, selbstredend mit Mieterhöhung. Donnerwetter, die langen aber zu. Das setzt Kasse voraus. Wird nicht einfach sein.«

Er schaffe das schon, versicherte der Wirt, ein schmächtiger Mittvierziger, der selbst gerne Bühnenkünstler geworden wäre, es aber immerhin – »und das trotz Sozialismus« – zu einem beliebten und – »bis kurz vorm Umbruch« – immer proppevollen Künstlerlokal gebracht hatte: »War nicht leicht, wenn man privat bleiben wollte.«

Grundmann wünschte Glück und einen tüchtigen Steuerberater. Friedel Wuttke stand fremd und betont abseits seiner Familie. Inge Scherwinski hätte gerne noch einmal die Püppchen tanzen sehen. Der Priester wirkte angestrengt. Ich versuchte, mit Frau von Bunsen ins Gespräch zu kommen. Die Braut blickte mürrisch drein. Des Bräutigams Tochter nannte die Offenbach-Stuben »niedlich«. Der Brautvater schwieg. Endlich leitete der Wirt die Hochzeitsgesellschaft in das Musikzimmer, in dem Emmi Wuttke mit ihren Kärtchen die Tischordnung bestimmt hatte.

Brautpaar und Brauteltern saßen sich gegenüber. Ihnen gehörte die Mitte der Langseite, zwischen ihnen ein Blumengebinde. Emmi hatte den Priester zur Seite. Neben Fonty, den der Wirt übrigens immer wieder respektvoll als »Herr Wuttke« angeredet hatte – »Der Chablis selbstverständlich eisgekühlt, Herr Wuttke« –, saß Martina Grundmann, die in den ersten Semestern steckende Studentin. Dem Bräutigam war als Trauzeugin die Schwester seiner verstorbenen Frau zur Seite gesetzt worden. Ich hatte die Braut am nächsten. Für

Inge Scherwinski war am rechten Kopfende des Tisches gedeckt. Das linke Kopfende blieb für Friedel Wuttke.

Die meisten am Tisch waren einander fremd oder, was den verlorenen Sohn Friedel betraf, fremd geworden. Selbst als die Vorspeise, der hauchzart in Scheiben geschnittene Lachs, serviert war, kamen Tischgespräche nur stockend in Gang. Frau von Bunsen beteuerte ihrem einstigen Schwager wiederholt, daß sie »alles Erdenkliche« getan habe, um den Sohn Thomas, von dem zu hören war, wie leicht ihm sein Jurastudium falle, »aus seinem Schmollwinkel« herauszulocken: »Er hängt besonders an der Mutter.«

»Bei uns war och nichts zu machen«, bestätigte Emmi über den Tisch hinweg. »Unser Teddy meint immer noch, er darf nich rüber zu uns, weil er in Bonn nämlich Beamter ist auf der Hardthöhe, wo die Verteidigung sitzt. Dabei wäre die Hochzeit ne prima Gelegenheit für uns gewesen, sich mal richtig auszusprechen nach so langer Zeit...«

»Das wird sich schon noch ergeben«, sagte der Priester, »wir sind uns ja alle fremd geworden, leider, bis in die Familien hinein.«

Inge Scherwinski, die nicht nur aus Hemmung laut sprach, wollte über die Länge des Tisches hinweg von Friedel Wuttke wissen, ob er sich noch an seine Kindheit in der Kollwitzstraße erinnere. »Mußte doch ehrlich zugeben, is ne schöne Jugend jewesen in dem ollen Kasten und auffem Hinterhof. Na, im Schuppen drin, weißte noch, Friedel?« Als keine Antwort kam, zeigte sie Verständnis: »War trotzdem richtig, daß ihr drüben jeblieben seid alle drei, als die hier dichtjemacht haben alles. Aber vermißt haben wir dir...«

Endlich gab der oben schon kahle Verlagskaufmann zu, sich »an die Kastanie im Hinterhof« zu erinnern, »aber Heimweh, dafür hatten Teddy und ich keine Zeit. Und Georg schon gar nicht, weil er zum Bund ging und später in Aurich als Pilot bei den Starfightern ... Da war Leistung gefragt ... Ihr habt ja keine Ahnung ... Aber lassen wir das.«

Wie gut, daß der Bräutigam zustimmte: »Was gewesen ist, ist gewesen. Heut wolln wir fröhlich sein!« Denn die so frühzeitig beendete Offizierskarriere des Hauptmanns Georg Wuttke wäre kein Thema für die Hochzeitsgesellschaft gewesen, bestimmt nicht für Emmi und Martha, die ohnehin ängstlich Friedels Anspielungen auf den Dollpunkt der Familie zu überhören versuchten und Halt bei Lachs und Toast fanden.

Leichter hatte es Martina Grundmann, die auf Fonty einredete, indem sie die Probleme westlicher Studenten in überfüllten Hörsälen in so drangvoller Enge ausmalte, daß für interessierte Zwischenfragen kein Platz blieb. Der Brautvater war mit seinen Gedanken auswärts. Das sahen die Braut und deren Mutter mit Sorge. Emmi neigte sich dem Ohr ihres Tischnachbarn zu: »Er sammelt sich, Hochwürden. Gleich wenn die Teller leer sind, fängt mein Wuttke zu reden an. Das kenn ich von früher. War meistens ganz schlimm. Wenn er mal nur nich aus der Rolle fällt.«

Aber Fonty schwieg noch ein Weilchen. Fast sah es so aus, als hörte er auf das Geplapper der nicht nur hübschen, sondern auch mit gefälligem Chic ganz in Türkis eingekleideten Studentin. Ich versuchte, die neben mir schwer atmende Braut mit einem Scherz zu beruhigen: »Wollen wir wetten, daß er uns die Hochzeitsgesellschaft aus dem ›Stechlin‹ samt Rex und Czako auftischt?«

Aber Marthas Verdacht horchte an anderer Tür: »Wenn er bloß nicht mit dem Architekt anfängt, der seine Mete geheiratet hat, und womöglich diesen Professor Fritsch mit meinem Grundmann verwechselt. Das halt ich nicht aus. Jedenfalls heut nicht.«

Wir irrten beide, denn als die Reste der Vorspeise abgetragen waren und der Wirt persönlich dem Brautvater einen Schluck Medoc zum Vorkosten eingegossen und Fonty die Probe für gut befunden hatte, woraufhin beiderseits des Tisches eingeschenkt wurde – nur Friedel deckte sein Glas mit der Hand ab und verlangte nach Fachinger –, erhob sich Theo Wuttke zu einer Tischrede, die in ganz anderer Richtung daneben war, weil in ihrem mal abschweifenden, dann wieder die heikle Sache auf den Punkt bringenden Verlauf jenes Nebenwerk des Unsterblichen an Bedeutung gewann, in dem mit dem Grafen Petöfy und dessen Schwester der österreichisch-ungarische Katholizismus zum Zuge kam; doch sprach

Fonty, wie wir nun wissen, so launig über die Tauschwerte des Konvertierens und so riskant an Klippen vorbei, daß Emmi, die ja immer das Schlimmste befürchtete, nur selten mit Einwürfen – »Nu mach aber nen Punkt, Wuttke!« – den Redefluß einzudämmen versuchte. Zu ihrer und Marthas Beruhigung war es dem Bräutigam gelungen, das zum Schluß gelüftete Geheimnis des katholischen Ringes, die betont protestantische Weisung »Entsage!«, mit Humor zu nehmen. Grundmann sagte, nachdem das Gelächter abgeebbt war und alle einander mit Rotwein, Friedel mit Fachinger im Glas zugeprostet hatten: »Verstehe! Wir sollen sozusagen auf Sparflamme kochen. Aber das ist keine Devise für Bauunternehmer. Wir nehmen, was wir kriegen. Wir kleckern nicht, Schwiegervater, wir klotzen!«

Kaum hatte die Tischrede ihr Ende gefunden, wurde die rosa gebratene Entenbrust namens

»Schöne Helena« aufgetragen. Es hätte auch, wie gesagt, der nach Offenbachs »Orpheus in der Unterwelt« benannte Ochsenrücken, gewiß nicht das als »Barkarole« gepriesene Lachsfilet mit Kräuterbutter, bestimmt aber »Popolanis Zauberei«, nämlich Kaninchen in Burgunder, sein können, und sei es, um des Sozis und Karnickelzüchters Max Wuttke freundlich zu gedenken.

Als alle zu Messer und Gabel griffen, sagte der Brautvater: »Eigentlich hatte ich mich für Ochsenrücken entschieden, aber meine Emilie war strikt gegen Orpheus. Und ›Ritter Blaubart‹ als Rinderfilet mißfiel ihr gleichfalls, dabei hätte dessen Wiederholungstätergeschichte eine Menge Anspielungen erlaubt, zum Beispiel auf die verbotenen Zimmer einer jeden Ehe, gleich welcher.«

Die Entenbrust namens Helena gab nicht so viel her, zumal der Braut Gesichtszüge, die einander ständig widersprachen, keine Schönheit im klassischen Sinn zuließen. Solange des Vaters Rede von jähen Abstürzen bedroht war, hatte ihr kleiner ängstlicher Mund dem Blick, der auf den leeren Teller gerichtet blieb, Tränen einreden wollen. Dafür war nun kein Anlaß. Das Tischgeplauder lobte die Ente und mehr noch die Orangensoße. Die Kartoffelpuffer wurden originell genannt. Frau von Bunsen sprach von »sächsischen Einflüssen auf die Berliner Küche«, und Inge Scherwinski rief: »Dat hieß bis vor kurzem bei uns noch Sättigungsbeilage, ehrlich!« Jeder erinnerte sich an vergleichbar köstliche Entengerichte. Martina Grundmann schwärmte von einem Wochenendtrip nach Amsterdam, wo sie kürzlich mit Freunden ihren zwanzigsten Geburtstag bei »ganz lecker knuspriger Pekingente« gefeiert habe.

»Was gab's denn zu deiner Hochzeit damals?« wollte Emmi von ihrem Sohn hören.

»Ich bekam ja keine Genehmigung, all die Jahre nich, rüberzureisen.«

Friedel Wuttke wollte auf den Beginn seiner inzwischen geschiedenen Ehe nicht eingehen. »Lassen wir doch die alten Geschichten! Aber vielleicht dürfen wir erfahren, wie der reiche Wessi Grundmann meine Schwester Martha, die arme Ostmaus, aufgegabelt hat. Erzähl mal, Schwager! Aber die Wahrheit. Nichts hören wir lieber als rührende Geschichten, obendrein gesamtdeutsche mit glücklichem Ausgang.«

Der Verlagskaufmann, der in Wuppertal einen evangelischen Missionsverlag leitete, dessen gemischtes Programm nicht nur Besinnungsliteratur bis hin zu religiösen Traktaten anbot, sondern auch die Dritte Welt und deren unerlöstes Elend zum Thema hatte, fragte nicht ohne Hintersinn und von mir vermuteter pietistischer Tücke, denn die Vorgeschichte der Liebesbeziehung zwischen dem westlichen

Bauunternehmer und der sozialistischen Lehrerin galt als familiäre Verschlußsache und war deshalb nicht allen am Tisch bekannt; selbst mir, dem Trauzeugen, hat die Braut keine Einzelheiten anvertraut. Nur andeutungsweise ahnte ich etwas von der dazumal gewagten Liaison, die sich über Jahre mitsamt ihren Heimlichkeiten hingeschleppt hatte. Sogar die Brauteltern wußten wenig. Allenfalls war Hochwürden Matull, als Marthas Beichtvater, unterrichtet.

»Warum nicht!« sagte der Bräutigam. »Jetzt kann man ja offen darüber reden. Verstehe, daß da für meinen lieben Schwager, na, sagen wir mal, ein gewisser Nachholbedarf herrscht. Hoffentlich ist er nicht enttäuscht, wenn wir ihm nicht mit Zweideutigkeiten dienen können.«

»Nur die Wahrheit...«

»Die sollst du haben. Das war vor etwa sechs Jahren. Unser, wie du schon sagtest, gesamtdeutsches Treffen fand im Juli, und zwar bei Bullenhitze in einem Strandhotel am Schwarzen Meer statt, wohin ich häufig, unserer Großbauten wegen, auf Geschäftsreise mußte, doch diesmal mit Familie, obgleich meine Frau schon damals ...«

»Muß das sein, Heinz-Martin! Bitte dich wirklich. Außerdem geht das Friedel nichts an. Nie hat er mich gefragt. Kein Brief, nix ...«

»Und ich bitte dich, liebe Martha, mich nicht zu unterbrechen. Dein Bruder will unbedingt alles bis aufs I-Tüpfelchen hören. Soll er haben. Juli vierundachtzig. Bulgarien. Die Ferienküste bei Varna. Ziemlich überlaufen. War damals nicht nur beliebtes Reiseziel der sonst eingesperrten Leute aus der Sowjetzone, die du, lieber Friedel, schon als Halbwüchsiger verlassen durftest, auch Westdeutsche, simple Bundesbürger wie meine Familie, die Kinder, nicht wahr, Martina, waren dabei, machten dort Ferien, doch in meinem Fall kamen, zugegeben, einige damals noch im Rohbau stehende Projekte hinzu. Jedenfalls suchten wir Entspannung und ich gewiß auch das Gespräch mit den ansonsten vom Westen abgeschnittenen Landsleuten, weil mir die gewaltsame Teilung Deutschlands schon immer ein nicht einfach hinzunehmender Zustand gewesen ist; vielmehr glaubte ich felsenfest an die Wiedervereinigung …«

»Und Martha, wann taucht Martha auf?«

»Geduld, Schwager. Das kommt. Keine Geschichte ohne Fundament. Wer vom Bau ist, versteht, was ich meine. Deshalb dieser dir vielleicht überflüssige Hinweis auf das Unrecht der Teilung. Jedenfalls wurden die westdeutschen Tische – wie damals üblich, saß und aß man getrennt – zuerst bedient, selbstverständlich der Währung wegen. Wir saßen, das heißt meine leider im folgenden Jahr schon verstorbene Frau, die Kinder und ich, ziemlich am Rand der westdeutschen Reservierung und aßen schon – weiß nicht mehr, was genau – wahrscheinlich Fischfilet...«

»Stimmt nicht, Papa! Brathähnchen gab's mit Pommes frites, ziemlich fettig alles...«

»Verstehe. Martina erinnert sich, was das Essen angeht, genauer. Jedenfalls saß innerhalb der Ostreservierung, doch mehr zum Rand hin, eine einzelne Dame mit immer noch leerem Teller, als wir schon beim Dessert angelangt waren. Jetzt fällt es mir wieder ein: Die Kinder hatten Hähnchen, wir Schaschlik bestellt. Auf jeden Fall konnt ich das nicht mit ansehen, wie Martha, denn das war sie, vorm leeren Teller saß...«

»Gib zu, Schwager, war Liebe auf ersten Blick!«

»Mein lieber Friedel, als Verleger hundertprozentig frommer Bücher sollte dir eigentlich christliches Mitleid...«

»Aber Papa! Es war doch Mama, die uns auf die skandalöse Bevorzugung der westlichen Touristen aufmerksam gemacht hat.«

»Verstehe! Ihr seht, meine Tochter – wie alt warst du damals, Martina? Keine fünfzehn – weiß noch genau, wie sehr uns diese offensichtliche Schikane empört hat. Und deshalb bin ich kurzentschlossen aufgestanden und zu dem Tisch rüber…«

»Du irrst schon wieder, Heinz-Martin. Von meiner Schwester weiß ich, daß Thomas jene Ritterlichkeit bewiesen hat, die dir sicher erwägenswert gewesen ist, desgleichen hat meine Schwester Cordula…«

»Stimmt, Papa! Thomas hat Martha, weil Mama das wollte, zu uns an den Tisch geholt, nicht wahr, Martha?«

»Ist doch nun gleich, wer kam. Mir war das ziemlich peinlich. Und daß euer Vater, kaum hatt ich mich gesetzt, den Kellner rangewinkt hat – und der spurte auch –, war mir noch peinlicher.«

»Jedenfalls kam das Essen sofort: Suppe, Hauptgericht, Dessert, wie am Schnürchen, gegen Trinkgeld, versteht sich. Und unser Tischgespräch verlief schon bald – ich kann es nicht anders sagen – total unangestrengt, wie Deutsche mit Deutschen sprechen sollten, obgleich Martha ja damals noch äußerst parteilich von ›unserer Republik‹ und ganz vorsichtig nur von ›gewissen Schwierigkeiten beim sozialistischen Aufbau‹ geredet hat. Auch zwischen Martha und Cordula lief es vorzüglich. Das war ja leider ihre letzte Reise ins Ausland. Aber nur sie hat gewußt, wie krank sie wirklich war, und uns nichts gesagt bis zum Schluß. Dennoch ist es Cordula gewesen, die mir, als es zu Ende ging, dringlich geraten hat, den Kontakt mit Martha nicht abbrechen zu lassen. Die paßt zu dir, die denkt praktischer als ich, hat sie gesagt und gelächelt dabei... War aber gar nicht so einfach mit unseren Treffen in Ostberlin... Immer nur heimlich und viel zu kurz... Dabei riskant... Wurden bestimmt bespitzelt... Aber in Bulgarien haben wir dann jeden Sommer... Das zog sich in die Länge... Unsere Großprojekte... Aber selbst dort haben wir uns erst langsam... Nicht wahr, Martha?«

Alle schwiegen. Besonders deutlich schwieg der evangelische Verlagskaufmann Friedel Wuttke. Frau von Bunsens Schweigen richtete sich gegen die Braut und brachte kühl konserviertes Mißtrauen mit. Daß Martha schwieg, verwunderte niemanden. Wir hätten gerne mehr über die an Krebs gestorbene erste Frau Grundmann, geborene von Wangenheim, gewußt: ihr Verständnis, ihre Nachsicht. Wohl deshalb schloß Fontys Schweigen Erinnerungen an Christine von Arne auf Schloß Holkenäs ein, die bei den Herrnhutern zu vergleichbarer Selbstlosigkeit erzogen worden war. Ich hätte als Trauzeuge einiges dazu sagen, aus »Unwiederbringlich« zitieren, womöglich zu einer Tischrede ausholen und mit Holk beginnen können, der allerdings unter Christines Tugenden gelitten hat; aber ich schwieg, wie alle schwiegen, bis endlich Inge Scherwinski passende Worte fand: »Genau so isses gewesen bei uns im Osten. Ohne Westmark warste nich mal de Hälfte wert. Auch in Prag war es so, wo ich mit Wölfchen, was mein jeschiedener Mann is, paarmal erlebt hab, wie unsereins nur schief anjeguckt wurde. War überall so inne sozialistischen Bruderländer. Aber nu wird ja alles besser, wo wir die Einheit kriegen: Deutschland, einig Vaterland! Darauf will ich mit mein Glas anstoßen, ehrlich. Nun trink mal bißken, Martha! Das muntert janz schön auf.«

Solch ein Toast wäre mir nicht gelungen. Alle prosteten einander zu. Sogar Frau von Bunsen hatte für die Braut ein nur noch halbgefrorenes Lächeln übrig. Und mit dem Stichwort »deutsche Einheit« war dem Tischgespräch hinlänglich Futter gegeben. Dazu hatten alle eine Meinung, die auch die neue, auf Vorschuß gelieferte Währung einschloß.

Hochwürden Matull sagte: »Das Geld alleine wird es nicht bringen. Noch fehlt der Wille, einander hinzunehmen, wie wir geworden sind.« Der Bräutigam warnte vor zu großen Hoffnungen: »Hart arbeiten werdet ihr müssen, verdammt hart arbeiten, sonst läuft hier nichts, sonst geht es weiter bergab.« Und Friedel Wuttke verlangte nach schonungsloser Offenlegung der Schuld: »Das gilt für alle, die hier mitgemacht haben. Zum Beispiel wüßte ich gerne – auch wenn das kein Hochzeitsthema ist –, wie meine Familie, ja, Martha, ich meine dich, mit dieser Existenzlüge fertig wird. In Vaters Tischrede jedenfalls vermißte ich offene Worte. Habe nur Zweideutigkeiten gehört. So kommen wir nicht zusammen. Was wir brauchen, ist eine klare Offenlegung der Schuld. Deshalb wird mein Verlag zur Herbstmesse mit einem Buch auf dem Markt sein, das unter dem Titel ›Wie wir schuldig wurden‹ erschütternde bekenntnishafte Zeugnisse versammelt, und zwar aus Ost und West. Ein solches Bekenntnis würde ich gerne, wenn nicht von Martha, dann doch von dir, Vater, hören – und zwar ohne dein übliches Wenn und Aber.«

Niemand wagte auf Fonty zu blicken, der seinem Sohn aufmerksam, doch auch ein wenig belustigt zugehört hatte. »Alles furchtbar richtig!« rief er. »Doch die Schuld ist ein weites Feld und die Einheit ein noch weiteres, von der Wahrheit gar nicht zu reden. Wenn du aber Schriftliches für deinen Verlag haben willst, könnte ich dir mit einer Auswahl meiner Kulturbundvorträge helfen; sind zwar keine Schuldbekenntnisse und Wahrheitsergüsse, handeln aber vom Leben, das mal so und mal so ist. Und was die Einheit betrifft, stehen wir auf dem alten deutschen Standpunkte, daß wenn der Sondershauser eins abkriegt, so freut sich der Rudolstädter...«

Diesmal rettete Martina Grundmann den Tischfrieden in brenzliger Situation, indem sie ihr Mißbehagen an der Einheit auf die Feststellung brachte: »Also Dresden, das sagt mir gar nichts. Von Köln ist es nach Paris viel näher oder nach Amsterdam.« Worauf Fonty abermals »Furchtbar richtig« sagte, um dann in Schweigen zu versinken, so unablässig ihn seine Tischnachbarin ins westdeutsche Universitätswesen und also in ihre germanistischen Seminare einzuführen versuchte. Ganz ungehemmt gab Martina Grundmann zu, so gut wie nichts vom Unsterblichen gelesen, doch immerhin die Fassbinder-Verfilmung von »Effi Briest« gesehen zu haben. »Aber Sekundärliteratur kriegen wir mit, jedenfalls so viel, daß man den Durchblick hat und ihn einordnen kann, wie unser Prof sagt, ungefähr zwischen Raabe und Keller...«

Als Fonty nun doch nach dem »Stechlin« fragte, hörte er, wieviel Selbstbewußtsein fröhlich auf Unwissenheit fußen kann: »Ich weiß ja, daß der Ihr Einundalles ist. Das hat mir Martha gesagt. Aber um ehrlich zu sein: Nur ein paar kürzere Sachen hab ich angefangen, irgendwas mit Verwirrungen und Schach von sowieso. Komm da nicht weiter: diese ewigen Spaziergänge und seine endlosen Dialoge. Sind ja manchmal ganz witzig, bestimmt. Und kann gut sein, daß das seine besondere Erzähltechnik ist, wie unser Prof sagt. Außerdem halt ich nicht viel von Großschriftstellern oder von Unsterblichen, wie Sie die nennen. Ach, ich sag jetzt einfach du und Opa Wuttke, darf ich? Also, ich bin mehr für das Minimalistische, wenn du verstehst, was ich meine. Na, Fragmentarisches oder in der Kunst überhaupt, sowas wie Concept-art. Aber auch Randfiguren können ganz interessant sein. Unser Prof hat ein paar ausgegraben. Waren früher ziemlich berühmt sogar. Paul Heyse zum Beispiel, wenn dir der ein Begriff ist. Hat später sogar den Nobelpreis gekriegt. Heut kennt den keiner mehr. Und deshalb finden wir den interessant, weil ... Na, weil man den wiederentdecken kann. Unser Prof will extra ein Seminar über Heyse und noch ein paar andere machen ... Natürlich muß man das alles nicht lesen, nur Kurzfassungen ... Außerdem gibt es ja Sekundärliteratur ... «

Eigentlich hätte ich mich einmischen und Martina einen Besuch des Archivs vorschlagen wollen, hielt mich aber dann doch zurück, weil einerseits die Braut Zuspruch verlangte und andererseits Fonty an seiner plapprigen Tischnachbarin Vergnügen fand. Er zitierte einige Tunnelverse von Heyse, darunter den Begrüßungsvers »Silentium, Lafontaine hat's Wort...«, und versuchte, den immerhin möglichen Gewinn beim Lesen von Originaltexten anzupreisen.

Doch Martina und der Prof von Martina wußten es besser: Der Urtext sei bloßer Vorwand für das, was Literatur eigentlich ausmache, nämlich den endlosen Diskurs über all das, was nicht geschrieben stehe und über den Urtext hinausführe, ihn nebensächlich, schließlich gegenstandslos werden lasse und so den Diskurs fördere, bis er den Rang des eigentlich Primären erreicht habe. »Irrsinnig interessant find ich das!« rief die Studentin im vierten Semester. Und Fonty wollte nur noch wissen, ob soviel Sekundäres nicht »kolossal ledern« sei. Dann fügte er nicht etwa resigniert, eher heiter hinzu: »Wenn man will, mein Kind, kann man die längste Geschichte kurz fassen. Zum Beispiel ist beim ›Stechlin‹ die Mache: Zum Schluß stirbt ein Alter und zwei Junge heiraten sich; das ist so ziemlich alles auf fünfhundert Seiten.«

Mag sein, daß Hochwürden Matull aus dieser Bemerkung eine Anspielung auf die gegenwärtig tafelnde Hochzeitsgesellschaft herausgehört hatte, jedenfalls glaubte er, die Pause bis zum Dessert – der Wirt hatte, nachdem die Reste der »Schönen Helena« abgetragen worden waren, Eisvariationen unter dem Motto »Pariser Leben« versprochen – für eine Tischrede nutzen zu sollen; schon ließ er mit Hilfe des Dessertlöffels sein Glas klingen, schon kam er, wie gegen Widerstände, vom Stuhl hoch, schon waren alle ganz Ohr.

»Endlich«, flüsterte ich Martha zu, »nun bekommen wir den apostolischen Segen.«

Die Braut mußte sich, weil größer als ich, ein wenig zu mir herabbeugen: »Erwarten Sie bloß nicht zuviel. Der hat es als Priester nicht leicht mit sich.«

»Das gehört zum Berufsrisiko.«

»Aber er leidet besonders.«

»Sieht man ... «

Sobald ich Bruno Matull, der uns gegenüber saß und nun stand, voll anschaute, mich also weder von den Brauteltern noch von der hinlänglich hübschen Studentin ablenken ließ, erinnerten mich die körperlichen Ausmaße des Priesters, seine groben, rastlos ein Versteck suchenden Hände, sein massiger Schädel auf zu kurzem Hals und das wie eine Delle wirkende Grübchen im Kinn an die Qualen und Freuden meiner im thüringischen Eichsfeld verschütteten Kindheit – eine Gegend, in der es katholischer als sonstwo zuging, übrigens über die Staatsgrenze hinweg, denn das Eichsfeld war, wie Deutschland im Ganzen, geteilt, mehr noch: der Europa in Ost und West scheidende Schnitt verlief, aufwendig als Todesstreifen bewacht, mitten durch meine waldige Heimat.

Und dort gab es einen Vikar, der ähnliche Schwierigkeiten mit seinen Händen und gleichfalls ein gedelltes Kinn hatte. Fast glaube ich, ihn kindlich geliebt zu haben, auch dann noch, als mir das rote Halstuch der Jungen Pioniere bedeutsamer wurde als die in unserer Familie traditionelle Meßdienerei.

Der Vikar hieß Konrad. Den Nachnamen weiß ich nicht mehr. Er hatte schwarzes Kraushaar und roch nach Rasierwasser. Bis zur Firmung hing ich ihm an; doch im Verlauf meiner anfangs steilen FDJ-Karriere, die erst an der Leipziger Universität ins Stocken geriet und bald nach Professor Mayers Fortgang ihren Knick mit Folgen weghatte – ich wurde in die Braunkohlenproduktion gesteckt –, verblaßte der letzte katholische Zauber; nur der Vikar Konrad, der sich inzwischen längst bei den Bergleuten in Bischofferode in Amt und Würden befand, ging mir nie ganz verloren; vielmehr blieb er hintergründig genug, um dem Bibliothekar in Cottbus und später dem Mitarbeiter im Potsdamer Archiv über die Schulter zu gucken, und nun saß er mir als Bruno Matull gegenüber.

Nein, er stand mittlerweile, riesig und ungeschlacht, massierte sein Kinn und dessen Grübchen, hatte ans Glas geschlagen und sammelte sich zur Rede, indem er seinen weich gezeichneten Mund öffnete, schloß, öffnete, dann wieder preßte, als wollte er die Lippen kneten und für längeren Gebrauch gefügig machen. Ein Fisch, der sprechen übte. Jemand, der es, nach Marthas Worten, nicht leicht mit sich hatte.

Dieser Anstrengung konnte ich nicht länger zusehen. Deshalb hielt ich mich an Fonty, dem des Priesters Mühe viel Neugierde wert war. Vielleicht erwartete er eine Teufelsaustreibung oder die Beschwörung wundertätiger Reliquien, denn alles »Altgläubige« galt ihm als exotisch und ähnlich geheimnisvoll anziehend wie etwa die aus Fernost stammenden Mitbringsel im Kopenhagener Haus der Kapitänswitwe Hansen oder das Grab des Chinesen im pommerschen Kessin, der nachhaltig spukend die arme Effi um den Schlaf gebracht hat. Und wie dem Unsterblichen war ihm Romanpersonal mit katholischem Unterfutter – ob die Titelfigur Grete Minde oder Nebenpersonen wie Effis Magd Roswitha – stets ins Zwielichtige gerückt; deshalb war ich sicher, daß Fonty, ähnlich wie ich, doch aus Gründen ganz anders gebetteter Kindheit, aus dem Mund des Priesters, wenn nicht eine kleine Offenbarung, dann doch etwas »kolossal Ketzerisches« erwartete. Ach, wenn er doch endlich zu Wort kommen und aufhören wollte, nur übungshalber die Lippen zu kneten. Beide hofften wir, daß der Fisch anfinge, zu uns zu sprechen.

Bruno Matull war einer jener wenigen Gemeindehirten, der auf mildes Dauerlächeln, diese allen Zweifel wegschminkende Gewißheit der Pfaffen verzichtete, oder besser, dem es nicht gelang, diese Miene aufzusetzen. Wir sahen ihn als eher finster blickenden Mann von fast brutaler Gestalt, der stehend nach Worten suchte, einige fand und sogleich verwarf, neue als untauglich erprobte, ganze Sätze verschluckte, größere Brocken zerkaute, dabei bis über die Backenknochen rot anlief, um schließlich mit der Eröffnung »Liebe Brautleute, Trauzeugen und Hochzeitsgäste« überstürzt vom Brett zu springen, mitten hinein in die Wirrnisse des Zeitgeschehens, die draußen, außerhalb der Offenbach-Stuben, ihren Tages- und Tauschwert behaupteten.

Indem Matull die Tischkante klammerte, als wollte er demnächst die Tafel umstürzen, sagte er: »Nichts ist von Dauer. Überall zerfällt, was gestern noch glaubte, von Bestand zu sein. Doch wie kam es zu diesem Mauersturz? O nein! Ein kurzes befreiendes Durchatmen genügte nicht, mehr war vonnöten. Aber nur wenige waren bereit, von innen an der Zwingburg zu rütteln. Und siehe da: Sie wankte, fiel, zerfiel, wurde sich selbst zum Spott. Jetzt erst kamen viele und sagten: Das Beben, das waren wir. Unser der Sieg! So legten sie falsches Zeugnis ab. In Wahrheit aber gab es unter den wenigen Rüttlern, die nicht lockergelassen hatten, etliche Hirten der anderen Glaubensgemeinschaft, während meine Kirche sich still verhielt, wohl meinend, sie sei nicht zuständig für die Zwänge dieser Welt. Auch ich blieb stumm, all die Jahre lang. Auch ich nahm hin, was nicht hinzunehmen war. Kein Mut war auf meiner Seite. So ging dem Hirten die Herde verloren, er aber tröstete sich und suchte Genüge in seinem Glauben. Da kam, verehrte Gäste, eine Frau zu mir, die nicht glaubte, doch Halt suchte. Ihr Glaube, der einst groß und von starker, jeden Zweifel überwindender Hoffnung gewesen sein muß, war ihr vergangen. Sie lästerte ihn, nannte ihn trügerisch und blindlings parteiisch. Von einem Glauben sprach sie, der sich nur nachäffe und so der Lüge Dauer verleihe. O ja, sie rechnete mir vor, um welchen Preis und auf wessen Kosten sie gläubig gewesen war. Beladen kam sie zu mir, bat um Entlastung; doch ich zweifelte, ob ihr mein Glaube, mein Stillhalteglaube, jenen Halt geben könnte, den sie suchte. War mir doch selber der Boden unter den Füßen schwankend geworden. Also geizte ich mit Tröstungen, sagte, auch mir sei die letzte Gewißheit abhanden gekommen, ein wüstes Feld, reich an Disteln, breite sich vor mir aus. Sie aber zwang mich, zu meinen verdorrten Glaubensresten zu stehen, und fragte dringlich: ›Priester, wo ist deine Perspektive?‹ Ja, liebe Hochzeitsgäste, so sprach sie und ließ nicht von mir ab. So verlangend kam sie, daß ich heute der Braut Dank sagen muß, denn der eigentlich Bekehrte bin ich. Ihre Glaubenskraft, die nur umgepolt werden wollte – und allzu leicht fällt es dem Hirten, einem verirrten Schaf das nächstliegende Gatter zu öffnen –, ihre im Grunde unbeirrbare Glaubensstärke hat mich zweifeln gelehrt. Mehr noch: ihr Hunger nach klarer, vom Glauben vorgezeichneter Perspektive hat mir Mut gemacht, des Glaubens Kehrseite, den unansehnlichen Zweifel, als Alltagskleid zu tragen, weshalb mir der Brautvater vorhin noch mit einem literarischen Gleichnis wahrgesprochen und so meine zweifelnde Seele gelabt hat. Wie jenem Pater Feßler in einem mir, wie ich gestehen muß, unbekannten Romanwerk, das ›Graf Petöfy‹ heißt, eine protestantische Lebensmaxime, das kategorische ›Entsage!‹, zu eigen ist, so hat mich des Brautvaters Tochter Martha mit ihrem Willen angestoßen, fortan dem Glauben zu entsagen. Ja, ich will ohne Glauben sein! Mehr noch: dieses ›Entsage!‹ befiehlt mir, wahrhaft nur noch dem Zweifel zu dienen und allerorts Zweifel zu säen. Denn, liebe Gäste, wurde nicht hierzulande zu viel und zu lange geglaubt? War Glaube nicht wohlfeil wie eine Hure? Und ist nicht wiederum neuer Glaube – diesmal der Glaube an die Allmacht des Geldes

– billig zu haben und doch hoch im Kurs? Und sind uns nicht abermals Perspektiven vorgezeichnet, die jedermann, der ihnen gläubig folgt, in Kürze Gewinn und dort, wo das Graue obsiegt hat, das Trugbild blühende Landschaft verheißen? Ich aber kann unseren lieben Brautleuten nur wenig auf den Weg geben, doch soviel immerhin: Glaubt nicht blindlings. Laßt endlich Gott aus dem Spiel. Gott existiert nur im Zweifel. Entsagt ihm! Müde aller Anbetung, lebt er vom Nein. Ihn dürstet nach nichts. Längst hätte der Glaube Gott abgetötet und in ein schwarzes Loch gestürzt, wenn nicht des Zweiflers Ruf – ›Es ist kein Gott!‹ – ihm Stachel und Ansporn, Labsal und Manna gewesen wäre ... «

An dieser Stelle seines Bekenntnisses wurde der Priester ums Wort gebracht. Der münsterländische Bräutigam, der als Bauunternehmer sein nahes und fernes Umfeld als Baugrund nach Gottes Willen wertete, und der pietistische Bruder der Braut, der als Verleger missionierende Schriften bis in die Dritte Welt hinein vertrieb und dabei irdischen und überirdischen Gewinn verbuchte, riefen gleichzeitig: »Das reicht, Hochwürden! Wir haben verstanden!« Und: »Das ist jesuitische Spiegelfechterei!«

So viel Widerspruch warf den bekennenden Priester dennoch nicht um. Er blieb stehen und klammerte weiterhin bedrohlich die Tischplatte, war Fels in der Brandung. Inge Scherwinski, die von Herzen ganz unbeschadet katholisch war und deshalb, auf Wunsch der Braut, am rechten Kopfende der Hochzeitstafel saß, bekreuzigte sich immer wieder und rief: »Wo bin ich denn hier? Ehrlich, Martha, Frau Wuttke, wo sind wir denn hier?« Hingegen war Bettina von Bunsen sicher, »nichts als Geschmacklosigkeiten« und einen »verkappten Kommunisten« gehört zu haben. Grundmanns Tochter lachte bis ins Schrille hinein, wußte aber genau, was sie von den Aufgeregtheiten am Hochzeitstisch zu halten hatte: »Komisch, irrsinnig komisch find ich das.« Mir fiel nur »starker Tobak« ein. Und die Braut flüsterte: »Was ich geahnt habe. Nix läßt er aus. Für den zählt nur, was Fakt ist. O Gott, er hat es nicht leicht mit sich.«

Als Heinz-Martin Grundmann und Friedel Wuttke den immer noch standhaften Priester vergeblich aufforderten: »Nun setzen Sie sich endlich, Hochwürden!« – »Wir haben genug Peinlichkeiten gehört!« –, sagte Emmi Wuttke, weil Bruno Matull wie zu weiterer Rede bereit stand und seinen Doppelgriff nicht lockern wollte, zu ihrem Mann: »Nu sag doch was, Wuttke, nu sag endlich was.«

Doch Fonty versteifte sich auf Schweigen, sooft seine Frau ihn anstieß. Der Priester mußte durch den Bräutigam und dessen Schwager genötigt, nein, handgreiflich gezwungen werden, sich zu setzen; sie lösten seine Hände nicht etwa behutsam, sondern Finger nach Finger von der Tischplatte, daß es knackte: zwei Männer mit Halbglatze, bemüht um einen dritten Mann, dessen Haar, wie meines, gleichfalls von schütterem Wuchs war. Nun saß der Priester, und Martha Grundmann, geborene Wuttke, begann zu weinen.

Wir hörten kein Schluchzen. Ein eher stiller Tränenfluß trat über die Ufer. Da die Braut, ihrem Vorleben entsprechend – zwei Verlöbnisse waren in die Brüche gegangen, das erste mit ihrem Schuldirektor, das letzte mit Zwoidrak, dem Oberleutnant der Volksarmee –, nur barhäuptig und in mausgrauem Kostüm, nicht etwa in Weiß und mit Schleier vor den Altar getreten war, hätte man die Tränen zählen können; und die Hochzeitsgesellschaft verstummte auch angesichts des so deutlich abtropfenden Überflusses, der wie ein Naturereignis bestaunt wurde.

Grundmann, nun ganz besorgter Bräutigam, schob ihr sein Taschentuch zu. Aber sie wollte nichts trocknen, wollte fließen, nur fließen lassen. Also siegte das Bild der weinenden Braut, das wir stumm ansahen; und ich erlebte mich sogar ein wenig ergriffen.

Was aber dem Schweigen der Hochzeitsgesellschaft Dauer verlieh, war Marthas Fähigkeit, unter Tränen zu lächeln. Eigentlich war ihre feuchte und an den Rändern verschwimmende Fröhlichkeit schön anzusehen. Glanz ging von ihr aus. Die Braut strahlte. Sie, die nur selten der Welt ein freundliches Gesicht geboten hatte und eher von alltäglich mürrischem Ernst geschlagen war, lächelte allen, die am Tisch saßen, ungeübt zu und bot uns ihr längst vergangenes Jungmädchenlächeln an: zuerst tränenreich ihrem angetrauten Heinz-Martin, dann Vater und Mutter, den Trauzeugen, dem Bruder, der Jugendfreundin, der vorhin noch amüsierten, nun verstörten Studentin, schließlich dem standhaften Priester, der sichtlich vertrotzt und nur gezwungenermaßen saß; wobei Bruno Matull, im Kontrast zur sich schönweinenden Braut, jenem Augustinermönch nicht unähnlich war, der einst vor versammeltem Reichstag sein »Ich kann nicht anders« zur Redensart gemacht hatte.

Da sprach die Braut. Sitzend sagte sie: »Hört zu, Leute, du auch, Friedel. Und macht euch bloß keine Sorgen. Ich heul ja vor Glück. Das, kein frommes Gesums, genau das wollt ich hören. Ach, wie bin ich froh, daß nur sowas rauskam und keine Sprüche. Ich danke Ihnen, Pfarrer Matull. War mir schon vorher ziemlich klar im Prinzip, daß das nicht einfach glatt ablaufen kann, raus aus der Partei und rein in die Kirche. Dafür bin ich zu lange felsenfest überzeugt gewesen. Heinz-Martin weiß das, na, daß ich geglaubt hab, daß unsere Republik die bessere ist. Sogar an unsere revolutionären Ziele hab ich ziemlich lange... Ideologische Plattform, Disziplin... Parteilichkeit, war klar, daß die sein mußte. Kannst mir glauben, Friedel, da gab's kein Zweifeln. Deshalb hab ich zu Heinz-Martin, als es ernst wurde mit uns, na, als wir uns wiedergesehen haben in Bulgarien und anderswo im Hotel, von Anfang an gesagt: Wenn ich das mach mit dem Konvertieren, dann nicht, weil deine Familie das unbedingt will, sondern nur, weil ich endlich lernen muß, positiv zu zweifeln. Denn das andere, na, diesen verdammten Glauben bis zum Gehtnichtmehr, der uns kaputtgemacht hat, bis unsere Republik nix mehr, nur noch ne Bewahranstalt war, den kenn ich. Diese Sorte Glauben hab ich intus.

Da muß ich nix zulernen mehr. Genau! Sitzt wie das kleine und große Einmaleins, das ich den Gören beigebracht hab, jahrelang. Aber beim Zweifeln, da brauch ich Nachhilfe im Prinzip, da hapert es bei mir, immer noch… Und vielleicht bin ich deshalb so glücklich jetzt. Denn so klar, wie zu uns allen der Herr Pfarrer vorhin gesprochen hat, hab ich sowas noch nie gehört, auch nicht, als ich bei ihm noch Unterricht bekam. ›Gott existiert nur im Zweifel!‹ Leute, ich sag euch: Wenn wir hier rechtzeitig unserem Sozialismus sowas erlaubt hätten, na, ne gesunde Portion Zweifel, wär vielleicht doch was draus geworden. Was, Friedel? Du bist doch sonst scharf auf Wahrheit. Was, Vater? Hat er doch schön gesagt, unser Herr Pfarrer. Das hätten all deine Pastoren, Niemeyer, Pastor Petersen und Superintendent Schwarzkoppen, auch Pastor Lorenzen, der ja ein Sozi war angeblich, nicht besser hingekriegt und im Prinzip nicht schöner sagen können. Genau! Nicht mal Schleppegrell, der ja nicht ohne war – oder?«

Friedel saß mit geschlossenem Visier. Aber Fonty wird die genannten Pastoren vor sich gesehen haben. Er löste sie alle, zuletzt den Dänen Schleppegrell, der immerhin die Liebe dreier Prinzessinnen abgewiesen hatte, aus Romanen und Novellen, rief weitere Gemeindehirten herbei, ließ sie als mehr oder weniger protestantische Garde aufmarschieren, nahm sozusagen Parade ab und sagte: »Ob Domprediger oder Landpastor, die waren allesamt müdegepredigt, obwohl sie, gut lutherisch, beide Testamente und die Sprüche Salomonis auf ihrer Seite hatten. Allenfalls hätte Lorenzen so offen heraus wie dein Priester... Nein, der auch nicht... Respekt und nochmals Respekt! Kam alles furchtbar richtig raus und freiweg, wie ich es gern habe. Muß sagen – wenn der

Vergleich erlaubt ist –, daß mich Hochwürden, dem Gott sei Dank alles Hochwürdige abgeht, kolossal an jenes verlorene Häuflein illegaler Nonnen erinnert, die den toten Liebsten meiner Grete Minde ordentlich unter die Erde gebracht haben, während der Prediger Roggenstroh hartherzig, wie nur ein Christenmensch hartherzig sein kann, der Leiche den Segen verweigert hat... Na, trinken wir auf Metes tränenreiches Glück und einen übrigen Schluck auf den Zweifel. Der möge bis zum Schluß unsere Schildwacht sein. Zweifel ist immer richtig!«

Er hob das Glas, prostete seiner Tochter, dann dem ungeschlachten Priester zu, trank bis zur Neige und rief: »Herr Wirt! Nun soll aber schleunigst das Dessert auf den Tisch und die beim Glaubensstreit erhitzten Gemüter ein wenig abkühlen, sonst mißrät uns die Hochzeit zum Schlachtfest, bei dem am Ende doch noch ›Ritter Blaubart‹ auftischt.«

Die Eisvariationen namens »Pariser Leben« taten, was Fonty von ihnen erwartet hatte. Der Blutdruck sank. Harte Worte oder gar Abrechnungen wurden verschluckt oder auf später verschoben. Die Tischgespräche fanden andere, weniger abschüssige Bahnen. Sogar Schwager und Bräutigam kühlten sich ab. Endlich kam Grundmann dazu, sein bauwirtschaftliches Fachwissen auszubreiten. Auf »solidem Fundament« wollte er in Schwerin eine Filiale, wie er sagte, »zum Stützpunkt« ausbauen. »Der mecklenburgische Grundstücksmarkt ist total unterentwickelt. Verstehe ja, daß man nach dem großen Kladderadatsch nicht weiß, wie es weitergehen soll, aber da werden wir helfen, da müssen wir helfen. Liegt ja völlig brach alles seit dem Ende der Kommandowirtschaft. Doch ist es uns immerhin gelungen, mit Hilfe einiger ortskundiger Kräfte ersten Durchblick zu gewinnen. Bin allerdings der Meinung, daß bei der vordringlichen Lösung der Eigentumsfrage unkonventionell gehandelt werden muß, sonst läuft gar nichts. Funkstille bei Investoren. Stagnation. Der alte Schlendrian…«

Dem konnte Friedel Wuttke nur zustimmen: »Du ahnst nicht, lieber Schwager, in welchen Schwierigkeiten wir stecken. Mein Verlag, dessen Stammhaus früher in Magdeburg seinen Sitz hatte, kann sich zwar dort auf Eigentumsrechte berufen, aber die will man nicht akzeptieren. Noch verhandeln wir ziemlich geduldig, doch irgendwann muß das Theater mit dem sogenannten Volkseigentum aufhören. Auf jeden Fall müßten wir mit der Ausdünnung im Personalbereich jetzt schon beginnen, ganz einfach, um konkurrenzfähig zu bleiben, der Markt für theologische Schriften ist eng. Deshalb wollen wir unsere Reihe ›Mission heute‹ in Richtung Osteuropa öffnen und bei den verdienstvollen Tätigkeiten der Herrnhuter anknüpfen…«

Nun wollte auch Frau von Bunsen der Eigentumsfrage nachgehen. Sie erwähnte »völlig heruntergewirtschaftete Liegenschaften« der Familie ihres Mannes im östlichen Teil der Altmark, sprach von »seit Generationen rechtmäßigem Besitz« in der Gegend von Rathenow, den man auf keinen Fall den »Kolchosen und sonstigen Seilschaften« überlassen dürfe. »Das bin ich meinem verstorbenen Mann schuldig!« Dann wollte sie auf den Altbesitz der Familie von Wangenheim kommen, wurde aber durch eine Frage, die unvermittelt Fonty stellte, von rund tausendzweihundert Hektar enteignetem Junkerland abgelenkt.

Der Brautvater wollte wissen, ob ihr verstorbener Mann mit Karl Josias von Bunsen, jenem preußischen Botschaftsrat, verwandt sei, der während der fünfziger Jahre des vorigen Jahrhunderts, »vor Graf Bernstorff«, in London tätig gewesen wäre: »Wurde erst siebenundfünfzig geadelt. Galt als Liberaler und war ein erklärter Manteuffel-Fresser.« Außerdem war Fonty an der Familie von Wangenheim interessiert: »Gaben sich zugespitzt altgläubig. Waren ausgesprochen antipreußisch. Die alte Frau von Wangenheim ging so weit, mir mit dem allerkatholischsten Gesicht zu versichern: ›Preußen-Deutschland birgt keine Verheißung...‹«

Frau von Bunsen verneinte, was ihren Mann betraf, direkte Verwandtschaft mit irgendwelchen Liberalen und wollte keinesfalls mit Fonty über die Verästelungen des preußischen Adels plaudern, sondern wie Grundmann und Friedel Wuttke bei »berechtigten Eigentumsforderungen« bleiben; doch nun verhielt sich Inge Scherwinski, die bis dahin dem Priester ihre Nöte mit ihren »drei Jungs« ausgebreitet hatte – »Ehrlich, die schaffen einen!« –, ganz und gar unpassend, indem sie die verschieden lokalisierten Kämpfe um Besitztitel durch eine Frage an die Braut beendete: »Weißte noch, Marthchen, wir zwei beide auf Ernteeinsatz? All die riesengroßen LPGs! War doch manchmal ganz schön – oder? Wir als junge Pioniere mittem Halstuch... Und später mit Blauhemd... Du hast manchmal auffem Klavier... Und als wir zwei beide in einer Singgruppe... Ehrlich, das fehlt mir manchmal...«

Und schon sang Marthas Jugendfreundin mit feinem Stimmchen: »Du hast ja ein Ziel vor Augen...«, und die Braut sang mit: »Damit du in der Welt dich nicht irrst...«

Beide sangen nun kräftiger, wie von Erinnerungen fortgespült. Wer hätte Martha diesen dunklen und zugleich warmen Ton zugetraut?

Gleich anschließend sangen sie das Solidaritätslied »Vorwärts, und nicht vergessen, worin unsere Stärke besteht...« und hätten wohl gerne alle Strophen gesungen, wenn Friedel

Wuttke nicht mit lautem Einwurf »Aufhören!« dagegen gewesen wäre.

Doch weder seine Schwester noch ihre Freundin wollten auf Befehl schweigen. Sie stimmten ein Lied an, das zu Herzen ging, weshalb ich versucht war, mitzusingen: »Spaniens Himmel breitet seine Sterne«, und ich summte wohl auch leise: »Die Heimat ist weit, doch wir sind bereit«, als sich Martha und Inge so wohlklingend entschlossen zeigten, für die Freiheit zu kämpfen und zu siegen. Jadoch, verdammt, ich sang mit. Auch mir war jede Strophe eingehämmert. Ich hörte mich singen und erstaunte darüber, daß mein Gedächtnis all das gespeichert hatte, was uns von Jugend an gläubig hat werden lassen.

Als aber die beiden Freundinnen wie zwei in die Jahre gekommene FDJlerinnen nun auch noch »Bau auf, bau auf! Bau auf, bau auf!« zu singen begannen, dabei einander fest anblickten und mit wiederholtem Appell die »Freie Deutsche Jugend« zum Aufbau des mittlerweile auf Abbruch stehenden Arbeiter- und Bauern-Staates aufriefen, war von der abkühlenden Wirkung der Eisvariationen namens »Pariser Leben« nichts mehr zu spüren.

Friedel Wuttke erlebte sich jenseits aller pietistischen Geduld. Kein Herrnhuter, ein Wüterich sprang auf und schlug auf den Tisch, daß es klirrte. Er rief nicht, er brüllte: »Schluß! Das ist vorbei! ›Für eine bessere Zukunft‹, da kann ich nur lachen. Nichts, absolut nichts will ich davon je wieder hören. Diese Verbrecher. Versaut haben sie euch. Endgültig vorbei ist das, hört ihr!«

Aber der Gesang der Freundinnen war nicht abzustellen. »Weiß gar nicht, was du willst«, rief Martha zwischen Strophe und Strophe. »Du bist doch früher mal, hab ich gehört, ein ziemlich rabiater Achtundsechziger gewesen... Na, mit Mao-Bibel und so... Hast sogar, bevor du auf fromm gemacht hast, Che-Guevara-Poster verhökert... Was habt ihr denn damals gesungen?«

Dann ging es weiter im aufbaufreudigen Liedtext. Friedels Ausbruch verpuffte. Martina Grundmann fand so viel lautstarken Zorn ohnehin übertrieben: »Ist doch lustig!« Und schon versuchte sie mitzusingen: »Bau auf, bau auf...«

Als Frau von Bunsen als Ziehmutter und Grundmann als Vater die Studentin ermahnten: »Laß das bitte, Martina« – »Nun hat der Spaß aber ein Ende«, bat Emmi Wuttke beide und besonders ihren Schwiegersohn um Nachsicht: »So war das bei uns all die Jahre. Fast jeder hat mitgesungen, auch unser Friedel und seine Brüder beide, als Martha noch klein war und bevor sie alle drei drüben geblieben sind. War ja gut gemeint, damals, das mit dem ewigen ›Bau auf‹, auch wenn es trotzdem nich richtig voranging. Aber die Jungs sangen das und dachten so, jedenfalls anfangs noch. Und du, Friedel, warst ein ganz Scharfer, bevor du... Immer so fanatisch... Richtig aufpassen mußt man bei jedem Wort... Aber das is ja nu alles vorbei, seitdem wir die Einheit kriegen sollen, damit es besser, immer besser wird. Soll ja auch, soll ja! Aber sich erinnern, wie es gewesen is früher, als wir noch unter uns waren, das darf man... Was, Wuttke?«

Kein Gesang mehr. Um den Tisch saßen wir fremd. Friedel suchte die Zimmerdecke weiß nicht wonach ab, vielleicht nach seinen achtundsechziger Thesenanschlägen. Zwischen Braut und Bräutigam war ein Loch. Inge Scherwinski sah plötzlich nicht mehr munter aufgekratzt, nur noch abgearbeitet aus. Ich wünschte mich ins Archiv, die Studentin vielleicht nach Amsterdam und Frau von Bunsen in die Toskana, von der sie bei Tisch geschwärmt hatte. Nur Pfarrer Matull hatte ein passendes Wort übrig: »Wir kennen uns nicht. Wir erkennen einander nicht.«

Und Fonty? Er saß in korrekter Haltung, aber wie abwesend. Nur einmal, als noch Streit die Hochzeitsgesellschaft belebte, hörte man ihn sagen: »Schade, daß der Professor nicht dabei ist. Freundlich würde das alles kolossal apart finden. Hätte zweifelsohne Anekdoten auf Lager. Zum Beispiel, was die Emigranten gesungen haben, in Mexiko damals ...«

Dann schwieg er wieder, doch war zu vermuten, daß sich Fonty zu längerer Rede sammelte. Emmi sah das mit Unruhe. Aber bevor er seine allzeit rückläufigen Gedanken ausbreiten, die Zeit der Sozialistengesetze beklagen, aus Bebels Reichstagsreden zitieren, das preußische Spitzelwesen verdammen und die Hoffnung des Unsterblichen auf die Arbeiterklasse –

»Alle Zukunft liegt beim vierten Stand« – beschwören konnte, trat die Erinnerung in Person auf; und sogleich sahen wir uns in anderem Licht.

Als gerade der Kaffee serviert wurde, stand unberufen Hoftaller im Musikzimmer der Offenbach-Stuben. Nein, in der Tür stand er und lächelte. Zum taubengrauen Anzug mußte eine sehr gelbe Krawatte passen. Er brachte keine Blumen, hielt aber ein mit rotem Seidenband zum Geschenk gebundenes Päckchen, dessen kunstvoll geknüpfte Schleife auf Konfekt schließen ließ. Warum er uneingeladen dennoch gekommen sei, begründete er nur Fonty gegenüber: »Ich gehöre nun mal dazu.«

Also wurde auch ihm Kaffee serviert. Cognac und Liköre gab es, sogar Pralinen. Ein wenig erschöpft von den drei Gängen und dem zu vielen Gerede bei Tisch, nahm man den Fremden mit nur halbem Interesse auf; einzig Friedel sagte zu seinem Vater: »Ließ sich denn diese Peinlichkeit nicht verhindern? Kenne den Typ. Der hat sich ein paarmal bei Teddy und mir blicken lassen, Ende der siebziger Jahre schon. Und von Georg weiß ich... Verstehe dich nicht, Vater, daß du dieses Gesocks...«

Fonty sagte: »Mit seinesgleichen haben wir leben müssen«, mehr nicht.

Hoftaller wechselte zwanglos von Gast zu Gast und stellte sich mit aufgesetztem Lächeln als Freund der Familie vor. Als er sein Päckchen zu den anderen Geschenken und Blumenbuketts auf einen Nebentisch legte, sagte er mit leichter Verbeugung der Braut gegenüber: »Möchte auf keinen Fall versäumen, nen Glückwunsch auszusprechen, und zwar zum neuen Lebensabschnitt, falls es sowas gibt. Ist nur ne kleine Aufmerksamkeit...«

Marthas Glück war verbraucht, ihre momentane Schönheit dahin. Verkniffen wirkte sie, schaute mürrisch drein, zupfte kurz an der seidig schimmernden Schleife, widerstand aber der Versuchung, das rote Band zu lösen, brachte gerade noch ein »Danke« über die Lippen und zerrte dann am Ringfinger ihrer rechten Hand, als wäre ihr der neuglänzende Schmuck schon jetzt lästig.

Hoftaller mischte sich wieder unter die Gäste, nahm deren Geplauder auf und sprach sogar einige Worte mit Friedel Wuttke, der gerade begonnen hatte, den ungeschlachten Priester zu missionieren. Einmal nahm mich Fonty beiseite: »Schreibt, was ihr wollt, aber stutzt mir den Grundmann nicht zur Karikatur. Immerhin ist er bis zum Schwarzen Meer gelaufen, um sich meine Mete zu angeln...« So ermahnt, antwortete ich mit des Bräutigams »Verstehe!«

Später unterhielt mich die Studentin Martina, die an einem Gläschen Amaretto nippte und dabei amüsant von Amsterdams speziellen Freiheiten erzählte.

Wir vom Archiv haben gerätselt. Hoftallers viereckiges Mitbringsel regte Vermutungen an. Einer der Mitarbeiter tippte auf den »Schott«, jenes katholische Meßbuch, das mir zur ersten Kommunion auf den Geschenktisch gelegt worden war. Ein anderer traute Hoftaller die Geschmacklosigkeit zu, der Braut ein Buch mit dem Titel »Troika« zugemutet zu haben, dessen Autor zur Spitze der Staatssicherheit gehört hatte und nun mit »Erinnerungen« auf den Markt ging. Eine der Kolleginnen frotzelte: »Vielleicht hat er ihr ein Paar rote Socken verehrt.« Ich blieb bei meinem Verdacht: »Ach was, das Päckchen war flach. Mit einer harmlosen Pralinenschachtel wird er sich in Unkosten gestürzt haben«, bis Fonty uns, anläßlich eines Archivbesuchs, fast übertrieben gutgelaunt aufklärte.

Gegen Schluß der Hochzeitsfeier habe er einem dringlichen Bedürfnis nachgeben müssen. Sofort sei ihm Hoftaller hinterdrein gewesen, offenbar dem gleichen Drang folgend. Beim Wasserlassen, das bei alten Männern naturgemäß Zeit benötige, habe ein Gespräch begonnen, das von Hoftaller, den man sich vorm benachbarten Toilettenbecken vorstellen möge, gleich zu Beginn der gemeinsamen Erleichterung eröffnet worden sei; wie bekannt, komme sein Tagundnachtschatten ja immer ohne Umstände zur Sache, diesmal sein ominöses Päckchen betreffend: »Habe mir erlaubt, der verehelichten Frau Grundmann das Relikt ihrer Parteizugehörigkeit, nämlich ne abgeschlossene Kaderakte, zu schenken, mit nem kleinen Anhang übrigens, ihre lange Verlobungszeit betreffend. Ne Menge Hotelgeflüster... Zwischendurch Peinlichkeiten ... Sowas darf nicht in falsche Hände kommen.«

Daraufhin will Fonty gesagt haben: »Furchtbar rücksichtsvoll. Wird meiner Mete ein zwiespältiges Vergnügen sein, diese gewiß nicht erbauliche Lektüre.«

Hoftaller, von dem wir vermuten dürfen, daß ihm nicht nur die überfüllte Blase befohlen hatte, schnurstracks nach Fonty die Toilette aufzusuchen, sagte beschwichtigend: »Nur das Übliche. Sie kennen ja Ihre Tochter. Hat nun mal nen Hang zum Prinzipiellen, mal links, mal rechts abweichend. Dennoch, halb so schlimm alles. Einige revisionistische Extratouren. Doch jedesmal hinterher Selbstkritik. Nur auf ihren einstigen Verlobten, den Genossen Zwoidrak, wollte sie nichts kommen lassen. Und sogar im Hotelbett hat sie den Sozialismus ne im Prinzip gute Sache genannt. Habe übrigens, um die Nüchternheit der Akte ein wenig aufzuhellen, einen Buchbinder bemüht. Sieht jetzt ganz hübsch aus, in Halbleder, mit marmoriertem Vorsatzpapier.«

Fonty will gelacht haben: »Kolossal feinfühlend! Mete wird beim Auspacken ein Poesiealbum vermuten und dann erst am Inhalt, der gleichfalls ledern ist, zu beißen haben. Potz Blitz! Es ist der Chablis, der so treibt.«

Nun schon am Waschbecken, soll Hoftaller geseufzt haben: »Noch spotten Sie, Fonty. Dabei sollte Ihnen an nem ähnlich inhaltsreichen Geschenk gelegen sein. Fürchte, der Buchbinder wird mir mehrere Bände in Rechnung stellen müssen. Ist ne Menge zusammengekommen, angefangen beim Herwegh-Club, Dresden nicht zu vergessen, später die Londoner Jahre ...«

»Sparen Sie sich die Kosten!« will Fonty bei laufendem Wasserhahn gerufen haben. Aber beim Händetrocknen hat er sich dann doch noch die Adresse des Buchbinders erbeten: »Will schon lange meinen Marwitz nachbinden lassen, auch die ›Effi Briest‹-Erstausgabe, die Friedel anno 95 verlegt hat... Sehen schlimm aus, die Buchrücken... Hätte die Tagebücher gerne, besonders die Londoner Kladde... Nun aber los, Tallhover! Trödeln Sie nicht so lange. Die Gäste warten auf uns.«

Zum Schluß der Hochzeitsfeier hätte es beinahe doch noch Streit gegeben. Heinz-Martin Grundmann, der mehrere Cognac gekippt hatte, wurde laut und wollte unbedingt zahlen: »Sofort und für alles!« Schon wedelte er mit der Kreditkarte und nahm den Wirt in Beschlag: »Und zwar die gesamte Rechnung, mit Datum und Stempel!«

Als der Brautvater Einspruch erhob – »Das hier ist meine Sache!« –, gab sich der Bräutigam beleidigt: »Also, mein lieber Schwiegervater, was soll das? Verstehe ja, daß Sie gerne … Aber für mich ist das ein Klacks sozusagen …«

»Der Brautvater zahlt!«

»Machen wir doch bitte keine Affäre daraus …«

»Abgemacht ist abgemacht.«

»Aber in schweren Zeiten wie diesen sollten die alten Spielregeln nicht …«

»Schwere Zeiten gibt's immer, meine Mete jedoch heiratet nur einmal …«

»Nun bin ich aber beleidigt. Drei Gänge, was ist das schon. Trifft ja keinen Armen …«

Fonty, der nun bestimmt, aber nicht laut wurde, beendete den prinzipiellen Handel: »Das hier ist Ehrensache. Oder will sich mein Schwiegersohn etwa mit mir duellieren?«

Nachdem er dem Wirt, der fein lächelnd zuhörte, einen Wink gegeben hatte, war ihm die Rechnung sicher. Schnell versöhnt legte er den

Arm um des rundlichen Bauunternehmers Schulter und erklärte ihm, ein wenig von oben herab, daß er nach längerer Krankheit wieder den Bleistift habe spielen lassen und nun seine wie des Unsterblichen Kinderjahre auf gut dreißig Blatt stünden: »Mit Hilfe meiner Emilie natürlich, die seit jeher alles in Reinschrift bringt. Trug mir ein ordentliches Werkhonorar ein. Bin wieder flüssig. Soll noch mehr werden, wenn es zum Vortrag kommt. Außerdem wird Friedel, obgleich sein Verlagsprogramm mehr zu Traktaten hin tendiert, demnächst ein Bändchen herausbringen, in dem auch dieser Vortrag leicht gekürzt Platz finden könnte. Das Ganze ist zwar mehr hingeplaudert als für den Druck geschrieben, dennoch, sowas findet Leser. Nichts Großes, nur was von uns bleibt: Erinnerungen, einige Narben, Gerüche, bunt kolorierte Bildchen. Dann wieder Fox tönende Wochenschau. Auch Tränen. Der Mutter strafende Hand, des Vaters Reden bei Tisch. Später geht's um Schweine- und Karnickelzucht. Und immer wieder der See, die Schinkelkirche, die brennenden Scheunen vorm Rheinsberger Tor. Das Denkmal, die sitzende Bronze. Fängt übrigens alles in Neuruppin an.«

GÜNTER GRASS

Mein Jahrhundert

Das Lesebuch:
384 Seiten, in Leinen gebunden
farbiger Schutzumschlag, DM 48,00

Das Bilderbuch mit Aquarellen von
Günter Grass:
416 Seiten, 24 x 31 cm, in Leinen gebunden
durchgehend farbiger Druck
farbiger Schutzumschlag, DM 98,00

*

Mein Jahrhundert ist ein Geschichtenbuch. Zu jedem Jahr unseres zu Ende gehenden Jahrhunderts wird, aus jedesmal wechselnder Perspektive, *eine* Geschichte erzählt – einhundert Erzählungen, die ein farbiges Porträt unseres an Großartigkeiten und Schrecknissen reichen Jahrhunderts ergeben.
Die verschiedenen Menschen, denen Günter Grass hier seine Stimme leiht, sind Männer und Frauen aus allen Schichten, alte und junge, linke und rechte, konservative und fortschrittliche. Wie unterschiedlich sie alle auch sind, es verbindet sie, daß sie nicht zu den Großen dieser Welt gehören, nicht zu denen, die Geschichte machen, sondern zu denen, die als Zeugen Geschichte erleben und erleiden.

Bitte fordern Sie das kostenlose Gesamtverzeichnis an:
Steidl Verlag · Düstere Str. 4 · 37073 Göttingen

GÜNTER GRASS
HARRO ZIMMERMANN

Vom Abenteuer der Aufklärung

Werkstattgespräche
334 Seiten, stb 150
DM 19,80

*

Viel ist über ihn geschrieben worden, oft hat er sich in Interviews geäußert, seine Positionen – politische wie literarische – meint man zu kennen. Mit dem Hörfunkjournalisten Harro Zimmermann hat Grass sich aber nun erstmals auf eine Interviewfolge von insgesamt vierzehn Stunden eingelassen. Ein Werkstattgespräch, in das Privates ebenso einfloß wie Politisches, das Alltagsgeschäft wie die Anekdote.
Oskar als Aufklärer, der Butt als Kunstfigur und die Fürsorglichkeit Hoftallers, die Realität der Märchen, das Korsett der Chronologie und das Bekenntnis zum Gegenständlichen – Günter Grass erzählt facettenreich wie nie zuvor vom prosaischen Handwerk und von der Lust am literarischen Spiel.

Bitte fordern Sie das kostenlose Gesamtverzeichnis an:
Steidl Verlag · Düstere Str. 4 · 37073 Göttingen

GÜNTER GRASS

Fortsetzung folgt ...

64 Seiten, stb 148
DM 10,00

*

In *Fortsetzung folgt ...,* seiner Rede vor der Schwedischen Akademie, feiert Günter Grass das Erzählen als Überlebens- und Kunstform und geht der Frage nach, wie er zum Schriftsteller, Dichter, Zeichner wurde. Von der Gewohnheit der Schriftsteller, heilige Kühe zu verspeisen, über James Bond als positiven Helden und das Höllengelächter des Pikaro schlägt der Nobelpreisträger 1999 einen Bogen bis zur Sprengkraft subversiven Erzählens. Im Oktober 1999 wurde Grass als erster nichtspanischsprachiger Autor mit dem renommierten »Prinz von Asturien«-Preis ausgezeichnet. In *Literatur und Geschichte,* seiner Dankrede, beschreibt sich Grass als aufsässiger Knecht, der dem Diktat der Geschichte mit einem Gegentext Paroli bietet, um ihr Unterfutter zu entblößen, und preist zugleich Spanien als das Stammland pikaresker Erzählkunst.

Bitte fordern Sie das kostenlose Gesamtverzeichnis an:
Steidl Verlag · Düstere Str. 4 · 37073 Göttingen

GÜNTER GRASS

Für- und Widerworte

96 Seiten, stb 146
DM 10,00

*

Seit den sechziger Jahren schätzt Grass die öffentliche Dreinrede: Für- und Widerworte, mit denen er den Mächtigen in die Suppe spuckt, sich in Alltagspolitik und Grundsatzfragen einmischt, als Bürger für Bürger streitet. Drei Reden der neunziger Jahre sind dafür beispielhaft.
In *Der lernende Lehrer* (Mai 1999) erklärt Grass das »Prinzip Zweifel« zum Grundwert und plädiert für einen Leistungskurs zur Erlernung der Langsamkeit. Von Danzig über den Kosovo spannt Grass in seinen Schulgeschichten einen Bogen bis zu den Müllbergen Kalkuttas.
In der *Rede über den Standort* (Februar 1997) klagt Grass aus der Standortdebatte heraus die sich ausbreitende soziale Kälte im siegreichen Kapitalismus an.
In der *Rede vom Verlust* (November 1992) beschreibt Grass unter dem Eindruck von Rostock und Mölln den Niedergang der politischen Kultur im geeinten Deutschland.

Bitte fordern Sie das kostenlose Gesamtverzeichnis an:
Steidl Verlag · Düstere Str. 4 · 37073 Göttingen

GÜNTER GRASS

Vatertag

Erzählung
96 Seiten, stb 131, DM 8,00

*

Vatertagsstimmung im Berliner Grunewald. Unter die Männergesellschaft, die zu Fuß, in Kutschen und auf Motorrädern unterwegs ist, haben sich vier junge Frauen gemischt: Billy, Mäxchen, Fränki und Siggi. Kesse Väter in zünftiger Verkleidung, die es jeder Trine zeigen, wer die Hosen anhat. Daß sie sich männlicher gebärden als »hunderttausend Strichmännchen«, die an diesem Tag den Macho herauskehren, hat leider schlimme Folgen.

Bitte fordern Sie das kostenlose Gesamtverzeichnis an:
Steidl Verlag · Düstere Str. 4 · 37073 Göttingen

GÜNTER GRASS

Auf einem anderen Blatt

Zeichnungen
176 Seiten, Leinen, DM 48,00

*

Der Ruhm des Schriftstellers Günter Grass hat lange die unvoreingenommene Sicht auf die mythische Welt seiner Zeichnungen und Graphiken verstellt. Dieser Band gibt erstmals umfassend einen Einblick in die Werkstatt des Zeichners Günter Grass, beginnend mit Arbeiten aus dem Jahr 1952 und endend mit dem üppigen Zyklus zum Roman »Ein weites Feld«. Das Buch ist aufwendig in Duoton und Farbe gedruckt.

Bitte fordern Sie das kostenlose Gesamtverzeichnis an:
Steidl Verlag · Düstere Str. 4 · 37073 Göttingen